Cuentos Carentes de Sentido

Lluvia y Papel

Franco Ceruti

DEDICADO

A mis padres, que ya no están conmigo, pero les habría encantado leer esto.

INDICE

Agradecimientos

AGRADECIMIENTOS

A mi madre, por decirme que yo tenía la habilidad de escribir.
A la tía, por repetirme que me apure, que tiene ganas de leerme.
A mi eterna amiga, escritora e historiadora que siempre me tuvo fe.
A mis hijas y a su madre, que siempre me dieron todo su apoyo.
A mi maestro, Marcelo di Marco por enseñarme, y no dejarme abandonar.
Y a esa persona tan especial, de la eterna sonrisa, que me dio el último empujoncito.

La sin nombre que no se olvida

Era una noche tranquila después de un día de trabajo en un pueblo cercano al mío, idéntico al mío. Por trabajo me toca recorrerlos, y ya había perdido la capacidad de saber cuáles había visitado y cuáles no.

Frente al hotel donde paré esa noche había una whiskería. Crucé la calle y entré: yo no pretendía gran cosa, y los recuerdos de aquella mujer de mi pueblo habían vuelto a rondarme, inexplicablemente; vivir viajando por trabajo y no querer ver a alguien suelen ser buenos compañeros, pero los recuerdos vuelven sin que uno pueda dominarlos.

Fundidos con la lúgubre decoración de gastadas navidades, dos viejos bebían y reían en un rincón del tugurio. Y en la barra, sola y sonriente, la puta del pueblo.

Pedí un whisky, y los recuerdos me atacaron con mayor intensidad. Ella y sus padres cuando llegaron al pueblo, en un carro viejo, bajo el sol de la siesta. Silenciosos, ordenados, bajaron sus pocas pertenencias y las metieron en la casa. Ella debía de tener la misma edad que yo. La pollera gitana casi le cubría los pies descalzos. Mirando furtiva a los dos lados de la calle, me regaló la primera mirada. Aún de

1

soslayo, rápida, indiferente, quedó en mi memoria.

El barman dejó frente a mí el vaso, me trajo de nuevo al presente. Se inclinó por encima de la barra, y en voz baja me dijo al oído:

—Mire que la señorita está disponible.

La señorita era la "rubia" que yo había visto no bien entré en el tugurio. Seguía sentada al final del mostrador, y ahora en su sonrisa gastada se veía algún interés.

Con el dedo entre los hielos revolví el whisky, y llegaron más recuerdos.

Solo yo parecía haberla visto.

Esa misma tarde —una siesta de travesuras, chicos de no más de ocho años—, estábamos quebrando encima de un auto unos huevos, y nos maravillaba ver como el techo recalentado los cocinaba.

Ella y los padres terminaron de entrar sus cosas en la casita y cerraron la puerta. Con ruidos de madera vieja que se retuerce, el carro desapareció tras la esquina en ese mediodía de febrero.

El tiempo pasó, y la casita permanecía prácticamente cerrada, con las cortinas corridas. Yo siempre veía al viejo volver de su trabajo en la panadería del barrio. En cuanto a ella, salía poco y nada.

La "rubia" me habló, y al acercarse me arrastró al presente.

—Una noche aburrida —dijo, insinuando poder cambiar eso.

—No esperaba otra cosa.

A pesar del aura de cansancio, ella intentaba ser agradable. Pensé que su vida no debía ser fácil. Le invité un trago.

¿Y por qué no?, me pregunté imaginándome la noche con ella.

— ¿En qué pensas? —dijo rozándome el brazo.

—Un verano en mi pueblo, hace mucho tiempo. Conocí a alguien.

Habrá notado la mujer que yo necesitaba hablar: se quedó callada, a la espera de la historia.

Le conté que conocí a aquella chica con el comienzo de las clases. Su estropeado delantal blanco, su moño azul al cuello, la sonrisa contagiosa. Vivíamos enfrente, así que juntos íbamos a la escuela y juntos volvíamos.

Saber si iba a llover era lo único que le preocupaba. Cada tanto escudriñaba las nubes, intentando anticipar la lluvia. Extraña y dulce a la vez, su vida era un ciclo eterno entre sonrisas, espontáneas carcajadas y cautas observaciones del cielo.

Las tardes cálidas sentados en un muro comiendo un helado, yo relatando mis aventuras, y ella siendo el mejor público que cualquiera podría desear, las cosas eran simples, y las cosas simples hacen maravillosa la vida.

Pero nunca podíamos vernos mucho tiempo. Ella estaba siempre preocupada por si iba a llover, y después de pasar un rato conmigo se volvía para su casa, siempre cerrada.

Los años pasaron, y seguimos siendo amigos. Y empezamos a besarnos. Y siempre en silencio: siendo hombre aprendí que a veces no hay que decir nada.

Mi familia nunca vio con buenos ojos nuestra amistad, y esto es algo que no puedo perdonarme: sin que nos diéramos cuenta, pasábamos menos tiempo juntos, y poco a poco nos fuimos alejando.

Pronto me fui a estudiar a otra ciudad, y ella se quedó trabajando en la misma panadería en que trabajaba su padre.

Absorta en mi relato, la rubia dijo:

—Yo conozco a esa mujer, la conocí

porque durante dos años cuidé a una tía enferma que vivía en tu pueblo. Es como me decís: nunca hablaba con nadie, siempre mirando las nubes. Muy rara ella. En un tiempo trabajaba en la panadería.

Mi cara debió de expresar que quería saber más. Después de pedirnos otra copa, ella siguió.

—Vos sabes que en los pueblos chicos nos conocemos todos. —La rubia se sentía el centro de atención, y eso la entusiasmaba—. Por cosas que me pasaron, me tocó vivir en ese pueblo un tiempo. Ahí fue que la conocí. —Me miró, meneo la cabeza, revolvió el hielo en su vaso—. ¿Así que vos sos el tipo? Pobrecita.

—Gracias.

—Tonto. No lo digo por vos. Siempre decía ella que se había enamorado una sola vez en la vida, y que nada ni nadie le iba a sacar eso. —Con un ademán, quiso decir que no había mucho más para contar, pero enseguida cambió de idea—: Ella ni habla con nadie, nunca tuvo otro. Jamás dijo tu nombre, pero todo el tiempo habla de vos. Creíamos que estaba loca, por tanto que habla de vos. Yo pensaba que ni existías, creía que ella te había inventado. —Levantó el dedo, se lo apoyó en la frente—: Sí me acuerdo de una cosa: no va más a trabajar. Dicen que está muy enferma, que ni sale.

Se quedó callada un buen rato, y lo demás fueron intentos de sacarme plata. Incluso llegó a darme su teléfono.

—Por cualquier cosa —dijo—. Por si andas necesitando algún servicio.

A los pocos minutos salí. Crucé la calle desierta, hacia el hotel.

Encerrado en la habitación no podía dormirme: cada vez que cerraba los ojos veía su primera mirada de soslayo, con la cara sucia. Los últimos veinte años de mi vida no tenían sentido. Necesitaba verla, mirarla a los ojos, hablar con ella.

Apenas amaneció, y casi sin dormir, junté mis cosas y partí rumbo a mi pueblo. Acababa de tomar plena conciencia de que me había quedado una asignatura pendiente, la más importante.

Esa misma tarde golpeé a la puerta de

su pequeña casita maltrecha, y nadie me abrió. Me acerqué a su ventana y le golpeé el vidrio. ¿Estaría?

Y a punto de irme, puteándome por haberme ilusionado con las boludeces de una puta, oí a mis espaldas la ventana. Al darme vuelta, vi que era ella quien estaba abriendo. Apenas nos miramos a los ojos, no hizo falta hablar.

Le tendí la mano, y en pocos segundos ya estaba junto a mí.

Después de un abrazo increíble nos subimos a la moto. Al vernos, la madre gritó algo por la ventana, pero el ruido del motor no me dejó entenderla. En cuanto a ella, vi por el retrovisor la ansiedad con que miraba el cielo. Me abrazó fuerte, y la moto nos llevó calle arriba.

No muy lejos del pueblo, saliendo por la ruta, cruzamos el puente y paramos al borde del arroyo, bordeado por ese monte de eucaliptos que noté mucho más tupido.

Tire la campera en el pasto, entre la orilla del agua y la línea de árboles.

A un dedo de hundirse en el horizonte,

el sol volvía rojo todo lo que nos rodeaba. El viento de la tardecita traía el aroma fresco de los eucaliptos, que se mezclaba en mis sentidos con su sonrisa. Nos sentamos muy juntos, y por un rato nos quedamos callados.

Conversamos por todo lo que no habíamos conversado, nos besamos como niños.

Vimos la luz de un relámpago a la distancia. Nerviosa, ella miró de soslayo el cielo y me abrazó más fuerte.

Ya era de noche cuando el primer relámpago cercano la aterrorizó. Se levantó temblando, y volví a abrazarla.

Sonrió apenas, y con las primeras gotas de la lluvia me dijo:

—Abrázame, y nunca olvides que te quiero.

Empezó a llover más fuerte, y ella temblaba, cada vez más débil entre mis brazos. Murmuraba algo sin parar, y yo no llegaba a oírla. Me pareció leer un "te amo" en sus labios.

Me alarmé al ver que se le aflojaba todo el cuerpo, y mientras caía la sostuve. Nunca había visto yo tanta palidez. Volvió en sí, y llevó las manos a mi cara. Pero no podía tocarme: las yemas de sus dedos resbalaban por mis mejillas, como si ni siquiera pudiesen palpar mi piel. Tenía una mirada de pánico, y en una letanía decía en voz baja "te amo".

Me miró a los ojos, y yo no supe si en los suyos había lágrimas, o solo gotas de lluvia. La apreté contra mi pecho, le acaricié la cabeza, y junto con mi mano se escurrió, al correr de la lluvia, un mechón de pelo.

Aterrado la tomé por los hombros, y noté que el vestido se le deshacía bajo las palmas de mis manos.

— ¡Que pasa! —grité, mientras más mechones se le mezclaban con los jirones del vestido como si fueran parte de la lluvia.

Ella quiso sacar mis manos de sus hombros, pero no pudo: no le daban las fuerzas. Me miró a los ojos, y en un último esfuerzo se apretujó contra mí, y al acurrucarse en mi pecho se disolvió entera en una nube de agua. Una nube de agua, si, que por un segundo permaneció en el aire, estática, antes de fundirse con el resto de la lluvia. Bajo en torrente por mi ropa hacia el piso, y pude ver que el agua contenía los colores de su vestido, de sus ojos, de su pelo negro, de su piel tan pálida, y a la vez era solo agua.

Al mirarme las manos, descubrí mechones de su pelo negro. Me arrodillé, busqué frenéticamente en el barro. Pero solo quedaba un charco de agua donde antes había estado ella.

Me quedé ahí, bajo la lluvia, no sé cuánto tiempo.

Al día siguiente desperté sospechando que había sido víctima de la peor de las pesadillas.

Cuando desperté del todo, no pude más que rendirme a la verdad: mi ropa aún estaba mojada, y en las manchas de mi campera descubrí los colores de su vestido.

Recordé que después de aquella *desaparición* —no encuentro otra palabra para designar aquello— no hice más que subirme a la moto y volver a casa, exhausto.

Desayuné apenas, y crucé directo a su

casa. Pero solo había un baldío, ya no estaba ahí. Durante toda mi infancia crecí viendo esa pequeña casa entre el almacén y el billar. Y ahora, de un día para el otro, ya no estaba.

Me restregué los ojos, como si eso fuera a cambiar algo. Pero no: aquel terreno, aquel pastizal, parecía haber estado ahí desde siempre.

Corrí a la panadería, pensando en hablar con su padre, pero no trabajaba ahí. En realidad, jamás habían oído de él.

Para los vecinos, ese lugar siempre había sido un potrero. Nadie había visto a las personas que yo describía.

Caminé sin rumbo, mareado. Di tantas vueltas por el pueblo como recuerdos tenía en mi cabeza.

Sentía una presión en el pecho, me angustiaba la impotencia de no entender. Todo lo que habíamos vivido juntos ya no existía.

Llamé a la rubia del boliche, le recordé nuestra charla. Pero ella no tenía la menor idea de lo que le estaba hablando.

—Que yo sepa —dijo—, vos no

mencionaste a ninguna tipa.

Cómo podía ser que no recordara.

Me acosté a dormir, con la esperanza de que mañana todo volvería a ser normal. Ya empezaba a dudar de mí mismo.

Pero nada cambió. Me obsesioné buscando fotos viejas, tratando de encontrar en ellas su cara. No estaba en ninguna. Eran fotos de mis cumpleaños, tenía que estar. Pero no, ya no estaba.

Hable con mis amigos, y no la recordaba nadie.

Al poco tiempo, la gente del pueblo empezó a mirarme raro. Me daban la razón en todo sin discutir, como si yo estuviera loco.

Descargué mi frustración escribiendo fragmentos de mi memoria, las cosas que recordaba de ella. Escenas, momentos juntos. Los escribía en papeles sueltos, que después clavaba con chinches en la pared. Uní con flechas los papelitos, y pegaba fotos alrededor de cada escena. Fotos donde ella debía estar y no estaba. Quedarme ante esa pared era contemplar una especie de guion de una obsesiva película.

¿Y si existía una conspiración de todo el pueblo para hacerme creer que esa persona nunca existió? ¿Por qué motivo querrían verme enloquecer?

No encontraba respuestas para esas preguntas. Abandoné mi investigación, y así la obsesión se volvió tristeza.

Un buen día me descubrí aislado del mundo. Había abandonado mis actividades de siempre, y los pocos pesos ahorrados me permitieron dejar mi trabajo. En cuanto a mis amistades y a mi familia, hacía rato que no me aburrían más: prácticamente ni contestaba el teléfono, y para lo único que usaba las redes sociales era para buscar rastros de aquella mujer fantasma.

El verano siguiente me encontró cargando esa tristeza. El único consuelo era ir a la orilla del arroyo en los atardeceres, sentarme en el mismo lugar donde ella había desaparecido, hundir la cabeza por debajo de mis brazos y no hacer nada, excepto llorar.

En aquel rito veía al sol yéndose en una curva del arroyo, mientras la última línea de eucaliptos traía la noche.

Con el tiempo fui notando que las ramas del eucalipto del final de la hilera trazaban una figura que no me era extraña. Según que ubicación yo tomara para observar el efecto, era indudable que en la enramada se iba configurando un perfil, una cara tan familiar como escalofriante. Pero, lejos de repelerme, la ilusión óptica —que a cada visita mía era más notoria— me atraía con un poder inexplicable: algo quería decirme aquella fantasmagoría. Y no tarde en descubrir el enigma.

Cuando llegaba la oscuridad, en esa cara conformada por la fronda y mis ilusiones se posaba un búho gris, uno de aquellos con grandes ojos ambarinos y plumaje en forma de cuernos. Y era curioso: en lugar de asustarse por mi presencia —yo me acercaba tanto que lo tenía al alcance de la mano—, el búho parecía cada vez más interesado en mí. Me miraba absorto, acaso sorprendido por mi quietud absoluta.

La escena —el rito— se repitió todo el verano: mi llanto al atardecer, la línea de eucaliptos cercana al arroyo, la oscuridad que crecía con la noche, la luz que se iba con el sol, y siempre en la misma rama el búho observándome.

Una tarde en que hundí la cabeza en mis rodillas, al pensarla tan fuerte pude por unos segundos sentir su piel, su aroma, su presencia. Y oí una voz que me saco de mi ensueño: venía de la cercana granja de eucaliptos. Levanté la vista, y no vi a nadie.

Mi imaginación, me dije. Pero volví a oír aquella voz.

Entrecerré los ojos para escudriñar la oscuridad, y nada distinguí. Estaba seguro de haber oído una voz, o realmente seria mi imaginación. Dudé.

Miré el suelo, y repasé los rutinarios hechos de la mañana y de la tarde, como tratando de redefinir mi cordura. Había sido un día común, nada fuera de lo ordinario.

Aquí, en la rama, dijo la voz, inequívoca, y se me erizaron los pelos de la nuca. Me levanté aturdido, y retrocedí tratando de identificar a quien acababa de hablarme entre las tinieblas.

La tercera vez que habló quedé perplejo. Y me di cuenta, temblando, de que no era una persona quien me hablaba.

Era el búho.

Posado en la rama del eucalipto me miró intimidante, directo a los ojos, y carraspeo solemne como quien está por soltar un discurso. Y dijo:

—Me das pena llorándola así. Y tan luego a ella, a la Sin Nombre.

Los oídos me zumbaban, el terror me secaba la garganta: me estaba hablando un búho, positivamente.

—Nunca debiste amar a la que nunca debió habitar tu tiempo —La voz del búho sonaba firme—. Fue simplemente un error que se llevó la lluvia: su familia, su casa y su recuerdo fueron borrados en esa tormenta; pero nada puede borrar un amor cuando es genuino, por eso solamente vos la recordás. Y no vas a olvidarla nunca. Nunca podrás olvidar sus palabras, ni su mirada. Al mismo tiempo, jamás podrás recordar su nombre.

Dio un brinco al vacío, y batiendo las alas se alejó hacia la puesta del sol.

Me temblaron tanto las piernas que caí de rodillas en el pasto, y en la garganta se me hizo un nudo tan tenso que me impedía respirar.

¿Que había sucedido realmente?

¿Me había vuelto loco, o un búho acababa de dictar mi condena?

Como fuese, escribiendo este primer relato intenté mil veces evadir aquel veredicto. Pero siempre que apuntaba la primera letra del nombre de mi amor, lo olvidaba al instante.

Jamás pude escribir o siquiera pronunciar el nombre de mi amada. Naufrago en la eterna sensación de tenerlo en la punta de la lengua, pero jamás se vuelve sonido.

El papel del muerto

Sofocado y con la garganta seca, volvía yo del entierro de un pariente lejano, en las afueras del pueblo. El camino de tierra se perdía en el horizonte bajo el sol, y las primeras casas tardaban en aparecer. En aquel cielo sin nubes, ni los caranchos volaban: el verano retorcía los monstruosos ombús, devolvía a sus madrigueras a las serpientes.

Después de cruzar el viejo puente de madera, me sequé el sudor, agotado, y elegí un ombú para descansar bajo su sombra. Era el mismo y remoto amigo en el que yo, de chico, trepaba mis aventuras de solitario. El árbol era anormalmente alto, nudoso y de sombra tan tupida que el pasto debajo no estaba seco. Caminé hacia esa bendita sombra, y pude ver que las raíces sobresalían de la tierra lo suficiente como para recostarme entre ellas. La sensación de apoyarme en la tierra húmeda fue un bálsamo.

Tanta quietud y el fresco debajo del ombú invitaban a una siesta. Pero había un olor particular, como a rancio, que rompía la armonía de la sombra. De todos modos me quedé, no daba para irme.

Adormilado entre las raíces y dándole la espalda al camino, oí un crujir como de madera. Venía de arriba, de entre las ramas.

Sera el viento, pensé, aún con los ojos cerrados.

No. No había viento.

Traté de ubicar el ruido, pero el reflejo del sol que penetraba las sombras no me dejó distinguir gran cosa.

Quise volver a dormirme, y no pude: me sentía observado.

Levanté la cabeza de entre las raíces y miré alrededor. Nada. Yo seguía tan solo como recién. El resplandor del camino me hizo entrecerrar los ojos. Entonces una sombra se movió: algo se estaba meciendo en el árbol, por encima de mí. En un escalofrío alcé la cabeza, y cubrí a mano abierta el sol que atravesaba las ramas. Traté de ubicar lo que se movía, y distinguí una forma: una persona, un hombre, oscilaba suavemente en las alturas. Pendía de uno de los troncos de la copa. Quise imaginarlo sentado en una hamaca. Pero no, el hombre no estaba sentado en una hamaca o en nada que se le pareciera. Yo no podía entenderlo, pero lo que estaba viendo era un ahorcado.

—Acá arriba —dijo el ahorcado.

Me restregué los ojos, sin entender. Pero cómo entender la nube de moscas que lo rodeaba, esa piel gris, esos labios azules. Y el olor.

—Pero de alguna manera sigue vivo —pensé en voz alta, y de un salto me levanté. Y estaba por trepar las ramas para bajarlo y salvarlo, cuando de nuevo oí su voz:

—No te preocupes, que estoy bien muerto.

Levanté la mirada, y sentí un escalofrío al ver cómo me enfocaban esas dos manchas negras que eran sus ojos.

Tragué saliva y traté de decir algo, pero ahora el de la garganta seca era yo. Me salió un sonido inentendible que pretendió ser un qué o un cómo. Alguna clase de pregunta.

—Estoy bien muerto —repitió. El tono de su voz sonaba muy tranquilo, y ese absurdo fue lo que terminó de aterrorizarme—. Estoy bien muerto, y no puedo hacerte ningún daño. No te vayas, no. Acercate, que tengo algo para decirte. Vení, trepá.

Dudé de mi cordura, incluso más que de sus palabras. Sus palabras, digo, y todavía no puedo creerlo. Pero era un hecho, sí. Positivamente, un cadáver *muy* cadáver estaba hablándome. Lo cual no significaba que yo tuviera que hacerle caso. Podría irme y olvidarme del asunto. Mejor dicho, podría irme, sí; lo que no podría seria olvidar todo aquello.

Era evidente que el cadáver estaba muy rígido, y que no podía moverse. Y a mí me pasaba lo mismo, debatiéndome entre irme —con la carga de no entender toda esta locura por el resto de mi vida— o arriesgarme y obedecer al muerto.

La curiosidad mató al gato, pensé, y me di a trepar. Trepaba lentamente, con desconfianza, mirando cada tanto hacia la copa del ombú: temía que el muerto me atrapara no bien me tuviera a mano. Pero noté que el pobre ni siquiera podía espantar los moscardones gordos que le correteaban por la lengua y se le metían en la boca. Me pregunté cómo se las arreglaría para hablar, pero supuse que aquello, en el reino de la muerte, sería apenas un mero detalle.

Llegué tan cerca que con estirar la mano podía tocarlo. El olor a carne podrida se hizo más intenso.

Junté coraje, y me oí decir, en medio de mi terror:

—Si es verdad que sos un cadáver, cómo es que me estás hablando.

—Porque la parca está atrasada conmigo. Me ahorqué hace mucho, y todavía no me vino a buscar. —El muerto hablaba en resonancias, en ecos fúnebres—. Sabe que morí, aunque no sabe bien dónde. Pero está rondando ahora, así que no tenemos tiempo.

—Tiempo para qué.

—Lo único que tuve y tengo en esta vida es un tesoro que conservo en mi bolsillo —la voz que salía de esos labios muertos ondulaba, invitaba—, y quisiera dártelo a vos antes de que la parca complete el viaje.

—Y por qué a mí.

—El destino te trajo a este lugar, en este preciso momento, y eso me alcanza. —Sentí que, de alguna imposible manera, dirigía su "mirada" hacia lo más profundo de mi espanto—. Dejá de desconfiar —dijo—, que ni siquiera puedo moverme. No pienso lastimarte.

—Ni bien dijo eso, tuvo una especie de convulsión, y supe que era un intento de estirarse hacia mí. Pero lo único que consiguió fue que su brazo derecho se le desprendiera: al caer, el brazo se le deshizo contra una de las raíces, y una voraz nube de moscas se ocupó de los restos en el suelo.

En una mueca que intentó ser sonrisa, el muerto me transmitió sinceridad y tristeza. Una mosca se le metió en la boca, y después de escupirla dijo:

—En mi bolsillo conservo el único tesoro que tuve en mi vida. Quiero dártelo a vos, por ser el último semejante con quien me confío. Buscalo.

—Pero...

—Vos buscalo. Si desconfiás, no sirve. Fijate en el bolsillo del pantalón. El bolsillo derecho.

Al ver aquella ropa, ese abrigo y ese pantalón confundiéndose entre jirones, me contuve y dejé la mano en el aire.

—Acordate —me dijo el muerto—: si desconfiás, no sirve.

Venciendo el asco metí la mano en el bolsillo —la tela se deshacía al paso de mis dedos— y pude sacar un papel viejo y arrugado, doblado en cuatro.

El muerto sonrió, como invitándome a que lo leyera. Pero al desplegar aquel papel amarronado por el tiempo, con un solo borde liso, vi que no decía nada.

Lo mire interrogativo al ahorcado.

—Es un papel muy especial —me dijo—. Ahora guardalo y andate. Ya vas a entenderlo todo. Es mucho más tarde de lo que creés, y el tiempo pasa volando cuando hablás con un muerto. Y una cosa muy importante: andate para tu casa sin hablar con nadie; si te cruzás con alguien en el camino, no digas palabra ni saludes.

Bajé del árbol, pensando que todo aquello era una locura. Noté que no hacía calor, que había caído la noche. En mi alma había caído la noche: no olvidaría muy fácilmente aquel encuentro. Dejé a ese cadáver colgando del árbol. Nada me importaba más que llegar cuanto antes a mi casa. Necesitaba despejarme la cabeza, sobreponerme a aquella pesadilla.

Partí rápidamente, y al caminar rumbo a mi casa bajo el absoluto y extraño silencio oí cómo el papel rozaba el interior de mi bolsillo. Debía confiar en lo que el muerto acababa de decirme: papel o tela o lo que fuese, yo me estaba llevando un tesoro.

A los pocos metros me crucé con un tipo en bicicleta. Vestía de negro, y llevaba un rastrillo o alguna herramienta parecida: apenas lo miré de soslayo, ni lo saludé. Él tampoco me saludó a mí, acaso porque iba absorto y como discutiendo consigo mismo.

Traté de seguir con mi vida normal, pero no podía sacarme de la cabeza la imagen del muerto. Me quedaron borrosas las circunstancias anexas, prácticamente había olvidado los detalles.

— ¡El papel! —dije al despertar una mañana, súbitamente desvelado.

El papel, sí. Había pasado estos días adentro de mi pantalón, en la pila de la ropa a lavar. Vaciando los bolsillos me reencontré con esa hoja amarillenta doblada en cuatro, que, si no fuera porque tenía un borde liso, como filoso, parecería más bien una tela deshilachada. Como ya dije, no tenía nada escrito en ninguno de los dos lados.

Lo sostuve, ni pesaba casi. Lo levanté contra el sol de la ventana, y no apareció ningún mensaje escrito. En cuanto la idea de tirarlo me pasó por la mente, en mi cabeza resonaron las palabras del muerto: "Ya vas a entenderlo todo".

Siguiendo mi instinto, me lo volví a meter en el bolsillo.

Ese mismo día, cuando estaba por pagar la fruta en el almacén, al sacar unos billetes me corté la yema del dedo. Ya en casa, busqué en el bolsillo la razón del corte, y me topé con el maldito papel del muerto maldito. Con bronca lo tiré a la basura, y mientras el papel giraba en el aire rumbo al tacho le noté entre los pliegues algo escrito en tinta roja. Más bronca me dio, porque la tinta estaba fresca. Al olerla me di cuenta de que aquello no era tinta, sino sangre. Y en el papel se leía:

Eusebio Hernández - 17/2/1942

Yo no conocía a ningún Eusebio López, pero la fecha era la del día siguiente.

Hice memoria un rato, y no pude recordar a ningún Eusebio en el pueblo. Quizás el papel era de él, y el muerto quería que se lo entregara.

¿Cómo podía ser que una gota de sangre hubiese escrito eso en un papel? ¿Una gota de sangre trazando todo el recorrido exacto como para escribir un nombre, y después una fecha? Imposible. Eso estaba fuera de toda discusión. Y fuera de toda lógica, por supuesto.

Cuando intenté hacer trizas el papel, me acometió una languidez súbita, prodigiosa por la debilidad en que me sumió: aquella pequeña hoja doblada en cuatro pesaba miles de veces más de lo que tendría que pesar.

Con un terrible esfuerzo lo llevé a la cocina y lo tiré a la basura, pero al volver al comedor noté una familiar sensación en el muslo: milagrosamente, el insólito papel había vuelto a mi bolsillo del pantalón. Sí, ahí estaba de nuevo. Ahí estaba de nuevo el papel, como pegado a mí. Sentí un escalofrío en la nuca.

Di vueltas por todas las habitaciones, intentando deshacerme del maldito. Y todo fue inútil: resultaba inmune al filo de mis tijeras y al fuego de mis hornallas. Varias veces traté de hacer un bollo con él, y tampoco: el papel se distendía solo, quedaba siempre formando esa especie de filo con que yo me había cortado.

Lo metí en el cajón de la mesa de luz, atrás de una vieja fotografía de mi madre. Y solamente así no volvió a mi bolsillo, como si él supiera que es ahí donde guardo las cosas de las que jamás me voy a deshacer.

Al domingo siguiente fui a un asado con amigos. Nos juntábamos a menudo, y entre cervezas y bromas pasábamos la tarde. Pero no siempre la tarde pasaba entre cervezas y bromas, sobre todo cuando venía Eduardo. Más de una vez yo me había escapado de tales encuentros, mintiendo alguna excusa estúpida y con la nuca ardiéndome de la bronca. Los demás parecían no notarlo, pero Eduardo siempre nos tenía a todos sirviéndole. Edu, como le decíamos, con ese aire de autosuficiente que lo envolvía, se pasaba diciéndonos a todos lo que debíamos hacer. Típico gil de familia rica venida a menos, la plata la habían perdido, pero las ínfulas no. Los demás se desvivían por agradarlo, atenderlo, y él los aprobaba o desaprobaba con una sola mirada. Y eso me daba aún más bronca. Amigos desde la cuna, y criados en el mismo barrio, Edu había sido una influencia detestable a lo largo de toda mi vida. Era el paradigma del insufrible, el compendio de todo lo que no me gustaba. Siempre trate de borrarlo de mi lista de amigos, pero en un pueblo chico eso es imposible: cada dos por tres, uno se cruza tanto con gente amable como con gente imbécil.

Y el domingo del asado fue uno de esos días.

—Atentos, muchachos —dijo en un momento el pelotudo, con el diario en la mano—, que les voy a leer la lista de los que no toman más Coca-Cola. —Y entonces, créase o no, se paró en medio de la reunión, y se puso a leer las necrológicas.

—Cómo te gusta —dijo Martín—. Vos

siempre con la esperanza de cobrar herencia.
—Y algunos se rieron.

—Pueblo chico, infierno grande —sentenció Eduardo alzándose de hombros—. Nunca está de más presentar los respetos a la familia, aunque uno no conozca al difunto.

Dicho esto, nos fue leyendo los nombres de los finados. La mayoría no sabíamos qué cara poner. A cada nombre hacía una pausa, levantaba la cabeza y nos miraba a todos. Acaso por vergüenza ajena, varios le seguían el juego, tirando especulaciones:

—El primo de la costurera.

—La que se casó con Pedro, el manicero de la esquina.

—El hermano del que tiene el kiosco en la plaza.

Pero entonces sucedió lo impensable. Porque enseguida el tarado de Eduardo leyó:

— "Eusebio Hernández falleció el 17 de febrero de 1942."

¡Eusebio Hernández!

Salté de la silla y fui a leer con mis propios ojos las palabras pronunciadas por Eduardo. Se deshizo de mí de muy mala manera y delante de todos —a lo cual más de uno soltó una risotada—, y retomó la lectura:

—Eusebio Hernández falleció, *decía*

—acá me lanzó una mirada venenosa—, el 17 de febrero de 1942. Amigos y familiares despedirán sus restos este domingo por la tarde, en el cementerio central.

No lo podía creer, ahí estaba. Eusebio Hernández, el último nombre de la lista, casi cayéndose de la página del diario. Miré a todos, serio, y pregunté si sabían quién era el finado. Nadie tenía ni idea.

—Qué pálido que te pusiste, che —me dijo Eduardo, con ese tonito de mierda—. ¿Estás bien, pichón?

—A veces —intervino Martin—, me da la impresión de que últimamente estás muy concentrado en tus cositas. Demasiado concentrado.

—Exactamente. —Eduardo meneó la cabeza, reprobatorio—. Estás como fuera de la realidad.

Quise discutirles, refutarlos. Pero lo que más me daba bronca era que razón no les faltaba.

Aproveché para inventar otra de mis habituales excusas, y salí rápidamente rumbo a mi casa.

Caminaba ligero, lleno de bronca, refunfuñando mis miserias con Eduardo. Todos lo complacían, y a mí me dejaban de lado. Comíamos el asado como a él le gustaba, jugábamos al truco porque era su juego preferido. ¿Acaso a alguien le importaba que a mí me aburriera el truco, o que no me gustara el asado tan seco? No, por supuesto que no. Así le gustaba a "Eduardito", y todos eran felices complaciéndolo.

Absorto en repasar las veces que ese "amigo" me había humillado en toda una vida, llegué a casa.

Temblaba cuando prendí la veladora y abrí el cajón. Y mucho más al desplegar, muy despacio, el amarronado papel.

Y descubrí que en él no había nada escrito.

No sólo que no figuraba el nombre del tal Eusebio Hernández, sino que allí no había nombre ni palabra alguna.

¿Cómo podía ser posible? ¿Me lo habría imaginado?

Estás como fuera de la realidad, me había dicho el hijo de puta de Eduardo.

Nervioso durante el resto del domingo, trataba de calmarme diciéndome que todo había sido un truco de mi imaginación.

Por la noche no podía dormirme. Sin saber qué más hacer, ni qué pensar, después de dar vueltas y vueltas en la cama, me levanté y fui a realizar una serie de actos inútiles, típicos del insomne.

Volví a la habitación y me acerqué a la ventana que daba a la calle. Mientras miraba la quietud del pueblo, distinguí una sombra en la esquina. Se trataba de un niño rubio, de pelo largo, que sostenía una pértiga, o acaso una lanza o un cayado. Y me observaba.

No es hora para que un niño ande en la calle, pensé.

Me dije que debía hablarle, preguntarle si necesitaba algo. Pero la mirada del chico era tan intimidante que me contuve.

No sin temor volví a meterme en la cama.

El chico, siempre sosteniendo su palo o lo que fuese aquello —que ahora rozaba el cielorraso de mi cuarto—, decía palabras que yo no podía entender. Ahí fue que tomé consciencia: el chico no me hablaba desde la calle, sino que lo tenía *dentro* de la habitación; más precisamente, en la piecera de la cama.

Trataba de despertarme, pero me era imposible. Parado al borde de la cama, el chico hablaba sin parar mientras percutía el piso con el extremo de la pértiga, al estilo de los antiguos maestros de música. No: contra el techo la golpeaba, por el eco singular de ese percutir. Movía la boca, acelerando cada vez más los golpes.

Mi corazón latía muy fuerte, una transpiración fría me corría por la frente y por el pecho. Cuanto más intentaba levantarme, más rígidos se ponían mis músculos.

Entonces, el chico, muy despacio, fue bajando la mano libre hacia mi tobillo derecho.

Quise apartar el pie, pero no pude: a pesar de que yo me sentía muy lúcido, mi propio pie se negaba a obedecer.

En el trayecto, la mano del chico atravesó la claridad lunar, que venía de la ventana, y pude distinguir los detalles de una garra negra, con zarpas en lugar de uñas y cubierta por un cuero de lagarto. Cuando me atrapó el tobillo, fue como si el rojo vivo de una tenaza me traspasara la piel y la carne hasta más allá del hueso. El grito que lancé resonó solamente en mi cabeza.

Entonces, iluminado por una oscura epifanía, entendí que en la habitación sólo existían cuatro cosas:

Mi cuerpo tirado en la cama, durmiendo inmóvil.

Mi mente despierta y frenética luchando para ponerlo en movimiento.

Ese chico hablando sin cesar.

Los acompasados golpes de la pértiga resonando en mi sien.

Quise gritar, pero sólo logré abrir la boca. A los pocos segundos, sin sonido y en una irónica cámara lenta, la baba se coló por la comisura de mis labios, rumbo a las sábanas.

Únicamente el retumbar de la pértiga se oía en la habitación. Quizá los golpes eran de mi corazón, escapando del pecho. No, no, la pértiga golpeaba.

¡No! Mi corazón retumbaba, y todo fue ganado por las tinieblas.

Me despertó un obsesivo percutir, ahora detrás de la ventana. Al levantarme y correr la cortina advertí que un gorrión golpeaba el pico contra el vidrio. Y ya eran más de las diez de una mañana de sol, aunque igual me sentía exhausto: apenas había dormido, y pésimamente.

Volví a la cama, pero no pude dormirme. Recordé la pesadilla de la noche anterior, y mis pocas horas de sueño. Ahí entendí que, entre las pesadillas y el insomnio, era a mí a quien el papel estaba matando.

—No seas flojo —me reproche en voz alta—. Un par de malos sueños nunca mataron a nadie.

Al girarme descubrí unas marcas en el techo. Unos golpes y raspones oscuros contrastaban con la blancura del cielorraso, justo a la altura del piecero.

Lo primero que se me ocurrió fue que la pesadilla había sido bien vívida. Demasiado vívida.

No te sugestiones, me dije sentándome al borde de la cama. Esto no puede tener relación con la pértiga del chico aquel del maldito sueño. Seguro que fue culpa de la vieja descuidada que viene a limpiar. Los sueños son sueños, olvidate.

Cuando me puse la media en el pie derecho, noté una molestia. Pero decidí no darle la más mínima importancia: necesitaba olvidar todo este asunto del maldito papel.

Fue inútil: los días pasaron, y la idea del papel y la nube de dudas que lo rodeaba crecían en mi mente más y más.

Llegue al punto de no dormir, pasaba las noches en casa caminando en círculos. Parecía uno de esos zombis de las películas que no encuentra comida, y simplemente camina sin rumbo. En piyama, y con una taza de té en la mano, daba miles de pasos de la cocina a la ventana ida y vuelta. Siempre repitiéndome en voz alta:

— ¿Estuvo ese nombre escrito en el papel, o lo imaginé? ¿Y si todo fue producto de mi imaginación? —Pensar en esto último me sacaba un peso de encima: era preferible estar loco a tener la certeza de que las cosas habían sucedido en la realidad.

—Pero el papel existe —seguí diciendo, al aire—, y lo sé porque lo puedo tocar. Eso sólo significa una cosa: ¡el ahorcado que me lo dio existió realmente! No es producto de ninguna imaginación. Si sigo así, me voy a volver loco. Necesito un sistema que me ayude a lidiar con esto.

Y fue así como armé mi plan perfecto para descubrir qué era cierto y qué no en todo aquel asunto. Agarré una libreta vieja, y en una de las últimas páginas enumeré cinco pasos a seguir:

1. Ir al cementerio a ver la tumba del tal Eusebio.

2. Si la tumba existe, averiguar de qué murió, hablar con los parientes y preguntar —con mucho tacto— si el hombre fue asesinado.

3. Echarle tinta al papel para ver si, de nuevo, algo se escribe solo.

4. Si algo se escribe solo, anotarlo en otro lado por si después se borra.

5. Dejar el papel en la tumba de Eusebio Hernández.

Envalentonado, plan en mano y papel

maldito en bolsillo, partí rumbo al cementerio. No me costó encontrar la tumba: aún no había crecido pasto sobre la tierra removida. En la administración, averigüé el domicilio de algún familiar del finado; mentí que yo era un viejo amigo tratando de presentar sus condolencias.

La casa de los Hernández era indistinguible de otras casas de la cuadra. Golpeé a la puerta, y la mujer que me atendió resultó ser la viuda. Me hice pasar por un viejo amigo, me prodigué en anécdotas falsas, y pronto apareció en la conversación la causa de la muerte de Eusebio. La viuda culpaba al colesterol. Yo, al ahorcado. Pero quedo claro que no hubo asesinato, ni accidente, ni ningún tipo de intento de cortar la vida de Eusebio. Había sido simplemente un infarto.

—Según el doctor —dijo la mujer—, era lo más esperable para una persona con tanto colesterol.

Volví un tanto decepcionado, dedicándome en el camino a actualizar mi plan:

1. ~~Ir al cementerio a ver la tumba del tal Eusebio.~~

2. ~~Si la tumba existe averiguar de que murió, hablar con los parientes y preguntar si lo asesinaron.~~

3. Tirarle tinta al papel para ver si algo se escribe solo de nuevo.

4. Si algo se escribe anotarlo en otro lado por si después se borra lo que estaba escrito.

5. Dejar el papel en la tumba de Eusebio Hernández.

Fue muy frustrante, una vez en casa, echarle tinta al papel y descubrir que era impermeable. La tinta corría libre, como si el papel estuviese encerado. No sólo que en él no se escribía ningún nombre, sino que ni siquiera se manchaba. De la bronca, llegué a sumergirlo dentro del tarro de tinta. Salió limpio, tal como cuando entró.

Lo doblé y lo desdoblé varias veces, como si con eso pudiera lograr algo. Lo miré a contraluz, y nada. Lo examiné desde todos los ángulos posibles, y tampoco. Tantas estupideces hice con el papel, tantas vueltas le di, que en un momento el filo me rasgó la membrana entre los dedos índice y mayor, y la sangre manchó los pliegues del papel. Y entonces descubrí que no sólo había manchado el papel: ahora se dedicaba a dibujar en él palabras, morosamente. Y digo que dibujaba porque no escribía, sino que trazaba las letras al revés, sin seguir el ritmo normal de la escritura.

Y el resultado final fue un nombre y una fecha.

La fecha era la de hoy, 28 de febrero. Pero el nombre —un tal Martín Andradel, se leía— me resultaba completamente desconocido.

Lejos de atemorizarme, como había sucedido la primera vez, ahora me enojé. ¿Ese cadáver de mierda no tenía otra cosa que hacer en su puta vida, en su puta muerte? Me había entregado un papel que funcionaba con sangre, para revelarme quién iba a morir. Y eso me hacía sentir sumamente culpable en mi impotencia. Y me dio rabia, mucha rabia.

Ya más calmado, anoté el nombre en mi libreta, para conservarlo en caso de que se borrara como el de Eusebio. A veces era una condena de muerte, y a veces un estúpido e inocente trozo de papel amarillento. La realidad era muy distinta: ante mis ojos, yo seguía teniendo un papel en el que figuraban un nombre bien concreto y la fecha de hoy.

Copié en la vieja libreta lo que tenía escrito el papel, y volví a actualizar mi plan.

1. ~~Ir al cementerio a ver la tumba del tal Eusebio.~~
2. ~~Si la tumba existe averiguar de que murió, hablar con los parientes y preguntar si lo asesinaron.~~
3. ~~Tirarle tinta al papel para ver si algo se escribe solo de nuevo.~~
4. Si algo se escribe anotarlo, por si después se borra lo que estaba escrito. tiene escrito: Martin Andradel 28/02/1942
5. Investigar quien es Martin Andradel

Y así estaba, buscando al tal Andradel, y pensando en contactar a su familia, cuando llegó febrero. Los días fueron pasando, hasta que el calendario indicó el día fatídico. Sí: en los avisos fúnebres del 28 de febrero, tal como rezaba el ensangrentado papel, encontré su nombre.

Al igual que había sucedido con Eusebio, el primer muerto, ningún asunto espeluznante rodeaba al simple accidente automovilístico de Andradel. Lo único realmente macabro, algo que me horrorizaba hasta el escalofrío, era haber descubierto que el papel funcionaba a sangre. En la vieja libreta pude garabatear la diabólica mecánica: el papel se mojaba con sangre humana, y en él aparecían escritos un nombre y una fecha; al morir el individuo en esa fecha determinada, desaparecía la escritura del papel, y recomenzaba el ciclo.

Hice experimentos en el patio. Maté una gallina, y conseguí sangre de cerdo y de vaca, con las que empapé el papel. Nada sucedió: ningún nombre ni fecha alguna aparecieron en él.

Me llevo al menos dos días calmarme. Y comencé un nuevo ciclo en mi vida. Consistía en practicar un pequeño corte en el dorso de la mano, verter la sangre sobre el papel, leer el nombre que consecuentemente aparecía, anotarlo en mi libreta, comprar el diario y buscar dicho nombre en los avisos fúnebres. Y constatar, por supuesto, que dicho nombre aparecía publicado sí o sí: un finado más en el cielo, el purgatorio o el infierno, y un culo menos para limpiar en esta tierra.

Así transcurrieron los últimos meses, y el proceso no fallaba nunca: el papel no se equivocaba jamás.

Noté ciertos detalles curiosos en los repetidos ciclos. Un día, recién escritos nombre y fecha con la sangre fresca, un exceso de esa "tinta" se acumuló en la serifa del número 1, y, cuando quise limpiarlo, el 1 se deformó tanto que quedó convertido en un

4. Para mi aterrada sorpresa, la persona en cuestión falleció el día 4.

Este descubrimiento me partió la cabeza, emborrachado por la idea de poder modificar la fecha de una muerte. El siguiente paso sería, por lógica, escribir en el papel el nombre de la persona que se me antojara, y así yo podría provocar su muerte. ¿Sería ese el tesoro del cual el ahorcado me había hablado, el de poder asesinar a voluntad a cualquier semejante?

Resuelto, me senté en el living, libreta en mano, a confeccionar la lista de las personas a quienes, por alguna razón, yo odiaba.

Si es cierto aquello de que la vida de uno se mide por los enemigos que tiene, mi existencia resultaba de lo más miserable; una hora entera de trabajo en la lista, y únicamente pude escribir un solo nombre. El nombre de mi amigo de toda la vida, a quien paradójicamente detestaba porque siempre me había hecho sentir menos que él: Eduardo, Edu, Eduardito.

Días después, cuando se produjo la siguiente muerte, y el papel del ahorcado quedó vacío, con entusiasmo me hice un pequeño tajo en la mano, y antes de que la sangre se secara intenté cambiar el nombre que acababa de aparecer. Tracé la inicial de Eduardo, pero no alcancé a escribir la siguiente letra, que la E volvió a ser la V corta del original —Valentín—. Nunca en mi vida las cosas fueron como yo había querido, y en esta ocasión me siguió yendo mal: el maldito papel permitía corregir algunas fechas, pero nunca los nombres.

Los siguientes intentos también resultaron vanos, porque el nombre lo dibujaba el papel, y no se podía cambiar. Las fechas sí podían modificarse, pero no por mucho. No se podía cambiar el año de muerte, por ejemplo; pero si el día, y hasta en algunas ocasiones el mes.

Debo admitir que el papel me transformó. Me volví ansioso, nervioso, siempre preocupado y ensimismado en un submundo de sangrar, leer, comprar el diario, verificar. Fui al médico por unos calmantes, y no quiso recetarme nada. El doctor me conocía de toda la vida, me sabía tranquilo.

—Buscate un hobby, Fernandito —me ordenó—. Algo que te distraiga. Buscate algo que hacer con las manos, para calmar la ansiedad.

A lo largo de la entrevista, debí

contenerme para no revelarle mi secreto: de haberlo hecho, me hubiera mandado a un manicomio.

Unos días más tarde, con la idea del hobby en la cabeza y mientras compraba el diario, en uno de los estantes del quiosco descubrí un manual de nudos de marineros. Más que comprar ese libro, lo adopté.

Fui al lavadero, corté un metro de soga que tenía para tender la ropa, y me pasé toda esa noche entretenido con los diferentes nudos que explicaba el manual.

Me acostumbre a andar para todos lados con el metro de soga en el bolsillo del saco. Cuando me ganaba la ansiedad, me ponía a hacer nudos. Ya tenía mis preferidos, y aquellos que lograba resolver con mayor velocidad.

Un domingo cualquiera, me preparaba para ir al asado con mis amigos, no sin antes cumplir el rito: derramar mi sangre sobre el papel para ver quién era el próximo en morir. En mi mano izquierda ya no había lugar para tajos, y por primera vez lastime mi mano derecha.

Ese funesto domingo, sobre el papel y frente a mi cara consternada por el asombro, apareció mi nombre.

Mi nombre seguido de la fecha del día.

Yo moría ese mismo domingo.

El miedo me impedía reaccionar. ¿Cómo sería mi muerte? Quizás un resbalón en la ducha, quizá me electrocutaría con la heladera. Quizá, vaya paradoja, la incertidumbre me provocaría un infarto: la gran pregunta acerca de cómo moriría me comía la cabeza, y no podía aceptar que acaso en horas, o acaso en minutos, debería despedirme de la vida.

Una depresión insoportable se apoderó de mí, una rabia hirviente me brotó del pecho. Decidido a no sufrir, decidido a dejar de ser un esclavo de ese papel maldito, desaté la soga de colgar la ropa. En un extremo, sin ninguna necesidad de consultar el manual, logré un perfecto nudo de horca. El otro extremo lo revoleé por la rama más alta del limonero, arrimé la escalera, subí, metí el cuello en el nudo corredizo, y apretando el bolsillo en el cual tenía el papel y sin más ceremonia, un domingo de mayo de 1942 me ahorqué en mi propio patio.

Pero no morí, o quizá sí, aunque seguía consciente. No podía mover ningún músculo y no respiraba, pero comprendía todo lo que sucedía a mi alrededor. Con los ojos siempre abiertos, vi caer la tarde y pasar la noche, y vi la llegada del amanecer, y de vuelta la caída de la tarde.

Cinco días con sus noches pasaron por mis ojos sin que yo pudiera mover un músculo, y empecé a oler a podrido.

Mi aburrimiento era tal que a la mañana del sexto día ya sabía cuáles pájaros iban a cantar primero, ya conocía la secuencia de ruidos con los que despertaba el barrio. No tenía otra cosa que hacer más que escuchar lo que sucedía. No me podía mover, y por algún extraño motivo tampoco dormir. Dormir era, evidentemente, un privilegio de los vivos.

Al sexto día sonó de manera insistente el timbre de mi casa. Ya había oído el teléfono y el timbre varias veces durante los días anteriores, pero hoy alguien se había vuelto loco de tanto apretarlo. Enseguida sonaron fuertes golpes en la puerta de entrada, y si bien yo no podía ver nada desde mi posición en el limonero, advertí que los gatos que jugaban en el techo salieron disparados hacia lo del vecino.

Primero fueron las vocales que pegaron en mis oídos, y no podía estar seguro, pero la repetición incesante del sonido me hizo entender que alguien estaba gritando mi nombre. Alguien recorría mi casa, habitación por habitación, y en todas ellas —ahora sí podía distinguirlo clarito— gritaba mi nombre. La voz me era familiar, pero no logré darme cuenta de que se trataba de Eduardo hasta que lo vi pasar fugazmente por la ventana de la cocina. Recorría mi casa buscándome, y todavía no había salido al patio a ver la puesta en escena que yo había armado: escalera tirada; soga de la ropa anudada al limonero; cuerpo podrido colgando de un tronco entre el verde profundo de las hojas, el amarillo chillón de los limones maduros y el buzo rojo que me había tejido mi madre.

Cuando ya no le quedaron más habitaciones por recorrer llegó al patio, levantó la vista, posó sus ojos sobre la rama más alta del limonero, y al verme lanzó un grito y cayó de rodillas juntando las manos para cubrirse la cara. Se echó a llorar, espantado.

Esperé a que se calmara y le hablé despacio, con una voz plagada de ecos fúnebres que a mí mismo me sorprendieron, y lo hice salir de su desesperación.

Del terror pasó a la incredulidad. Al principio le costó creer que un cadáver le hablara; pero después de todo era yo, su amigo de toda la vida.

Su esclavo de toda la vida, me dije.

—Te quiero hermano —me dijo Eduardo entre sollozos—. No es justo, que te vayas tan joven.

Le dije que tenía razón, y con la voz más dulce que pude sacar de mí le pedí que, para recordarme, se llevara consigo un pedazo de papel viejo que yo guardaba en el bolsillo derecho de mi pantalón.

CONTINUARA...

"Te desafío a que escribas 52 cuentos malos. No se puede hacer".

Ray Bradbury

Made in the USA
Columbia, SC
06 April 2022